Papel certificado por el Forest Stewardship Council®

MIXTO
Papel | Apoyando la silvicultura responsable
FSC® C117695
FSC
www.fsc.org

Penguin Random House Grupo Editorial

Primera edición: noviembre 2024

Publicado por Penguin Random House Grupo Editorial, S. A. U.
Travessera de Gràcia, 47-49. 08021 Barcelona

Printed in Spain – Impreso en España

ISBN: 978-84-19487-30-8
Depósito legal: B-14541-2024

Compuesto por Rebeca Podio

Impreso en
Especial Gráficas Editoriales, S.A.

D S 8 7 3 0 8

Disney

5 cuentos clásicos para ir a la cama

cliper

Dormir bien es esencial para el desarrollo y el bienestar de los niños. El sueño no solo es una necesidad fisiológica, sino también una parte fundamental de la vida diaria. Influye en su desarrollo físico, crecimiento, reparación celular, memoria, aprendizaje, concentración, atención, regulación emocional, bienestar emocional, sistema inmunológico y en sus niveles de energía.

Fomentar buenos hábitos de sueño desde una edad temprana es crucial para asegurar que los niños disfruten de estos beneficios y se desarrollen de manera saludable y equilibrada.

La falta de sueño en los niños puede afectar significativamente su desarrollo integral, impactando negativamente su salud física, emocional y cognitiva. Por ello, es vital que los niños sigan una rutina de sueño adecuada y constante para garantizar su bienestar y desarrollo óptimo.

Mantener una buena higiene de sueño será tu aliada para que tu peque descanse lo que se merece.

La higiene del sueño es el conjunto de prácticas que promueven un sueño saludable y de calidad. Estas prácticas son especialmente importantes para los niños, cuyos patrones de sueño están en desarrollo.

A continuación, te muestro algunas recomendaciones clave para establecer una buena higiene del sueño:

Establecimiento de horarios y rutinas

- **HORARIOS REGULARES:** Mantener horarios regulares para acostarse y despertarse ayuda a regular el reloj biológico.
- **ESTABLECER UNA RUTINA ANTES DE IR A DORMIR** que, noche tras noche, siga los mismos pasos, facilita el sueño en los niños, les proporcionan seguridad y confianza al saber quev la hora de acostarse se acerca. Tu peque estará más relajado si sabe lo que viene después y cuanto más relajado esté, más probable será que se duerma tranquilo, le sea más fácil conciliar el sueño y se despierte con menos frecuencia.

Ejemplo de rutina:

- Eliminar el ambiente estimulante. Reduce el nivel de actividad aproximadamente 30 minutos antes de comenzar la rutina para ir a dormir.
- Baño relajante agradable.
- Leer un cuento en la habitación.
- Dar las buenas, besos y abrazos.
- Apagar la luz.
- Finalizar rutina.

FLEXIBILIDAD CONTROLADA: Aunque se puede ser más flexible durante los fines de semana y vacaciones, es importante retomar la rutina habitual cuando todo vuelva a la normalidad.

Ambiente de sueño adecuado

- **Temperatura fresca dentro de la habitación:** Un ambiente fresco contribuye a un mejor sueño. Ideal entre 21/22º en invierno y 24/26º en verano.
- **Oscuridad por la noche:** La conciliación del sueño recomiendo realizarse en un ambiente oscuro, lo que ayuda en la producción de melatonina, la hormona del sueño.

Hábitos antes de dormir

Evita el uso de pantallas: Al menos una hora antes de acostar tu peque. La luz azul de las pantallas puede interferir con la producción de melatonina, dificultando el proceso de quedarse dormido.

Implementar estos hábitos de sueño saludable no solo mejora la cantidad y calidad del sueño del peque, sino que también contribuye a su bienestar general y desarrollo. Además, tener un peque que duerma bien puede mejorar significativamente el descanso y la calidad de vida de toda la familia.

Por Olga Sesé
Primera coach del sueño infantil y fundadora de BabyREM

EL LIBRO DE LA SELVA

Un día, la pantera Bagheera encontró una canoa ¡con un bebé dentro!

Bagheera cogió al bebé y se lo entregó a los lobos para que lo cuidaran. Lo llamaron Mowgli.

Pero la selva era demasiado peligrosa para Mowgli y, para protegerlo, decidieron que debía volver con los suyos.

TIP para dormir:

Intenta establecer una rutina de sueño. Eso les facilita la transición de estar despiertos a dormidos.

Al caer la noche, descansaron bajo un árbol. Cuando Bagheera se durmió, la serpiente pitón, Kaa, rodeó a Mowgli.

—¡Este cachorro humano debe estar *riquísssimo*! —siseó.

Bagheera se despertó y le dio un zarpazo para liberar a Mowgli.

Mowgli no quería irse, así que se adentró en la selva y conoció a un simpático oso llamado Baloo.

Se hicieron amigos enseguida.

De pronto, unos monos agarraron
a Mowgli y lo llevaron ante el rey Louie,
un mono chiflado que quería ser humano.

Baloo se disfrazó de mono e intentó distraer al rey Louie bailando. Pero se dieron cuenta del engaño y se armó un gran revuelo. Los tres amigos huyeron a toda prisa.

Mowgli echó a correr de nuevo. El tigre Shere Khan lo vio, pero fue Kaa quien lo atrapó. La pitón fue a hablar con el tigre y, aprovechando la distracción, Mowgli volvió a huir.

El tigre lo persiguió. Rugió y le enseñó las garras a Mowgli para asustarlo. Baloo lo agarró por la cola.

—¡Corre, Mowgli! —gritó el oso mientras luchaba contra Shere Khan.

Se desató una tormenta y un rayo cayó en un árbol. Mowgli arrancó la rama y la ató a la cola de Shere Khan. ¡El tigre estaba aterrorizado!

Por suerte, nadie salió
herido. Y los tres se
pusieron en marcha
hacia el poblado.

Cuando estuvieron cerca, Mowgli vio a una niña que cogía agua del río.

—¿Qué es...? —preguntó con curiosidad.

—Es una niña — contestaron.

Mowgli se acercó y le ayudó con el cántaro.

—¡Teníais razón! ¡Este es mi sitio! —sonrió y se despidió de sus amigos.

Disney

Aladdín

En el desierto, Jafar, el malvado hechicero y consejero del Sultán, robó un escarabajo de oro, que le condujo a la Cueva de las Maravillas. Pero solo el elegido podía entrar: Aladdín.

Aladdín era un joven ladronzuelo, que soñaba con vivir algún día en un palacio. Mientras tanto, era todo un experto en escabullirse de sus perseguidores.

En el palacio, vivía una princesa, Jasmine, que tenía que casarse con alguien en los tres próximos días, porque el Sultán y la ley así lo ordenaban.

Pero Jasmine solo quería casarse por amor. Por eso, se despidió de su mejor amigo, Rajah, y abandonó el palacio.

En el mercado, Jasmine le dio una manzana a un niño sin pagarla. Aladdín la defendió ante el enfadado vendedor.

Pero llegaron los guardias de palacio y capturaron a Aladdín. La princesa reveló su identidad y pidió que lo soltaran, pero no la hicieron caso.

Jafar, vestido de anciano, engañó a Aladdín para que le trajese la lámpara mágica.

Su compañero, Abú, quiso robar una moneda y el lugar se derrumbó, pero una alfombra mágica los salvó.

Aladdín consiguió la lámpara y dentro ¡había un genio!

—¿Qué desea, amo? —preguntó el Genio—. Puedes pedir tres deseos.

Aladdín pidió ser un príncipe para volver con Jasmine.

Cuando llegó al palacio, Aladdín pidió la mano de Jasmine y volaron en su alfombra mágica. Jasmine supo que había encontrado al chico perfecto para ella.

¡Pero Jafar le robó la lámpara mágica a Aladdín!

—¡Quiero reinar como el sultán del reino! ¡Y quiero ser el hechicero más poderoso del mundo! —dijo Jafar.

Jafar se convirtió en una cobra gigante y atrapó a Aladdín, pero tuvo una idea.

—El Genio tiene más poder del que tú jamás lograrás tener —dijo Aladdín.

Furioso, Jafar expresó su último deseo:

—¡Quiero ser un genio todopoderoso!

Jafar se convirtió en un genio y estaba condenado a vivir dentro de una lámpara y obedecer los deseos de su amo.

El Sultán se encargó de que Jasmine pudiera casarse con quien ella quisiera. Aladdín usó su último deseo para liberar al Genio y se despidieron con un abrazo. Seguirían siendo amigos para siempre.

TIP para dormir:

Poneos en una posición cómoda y recuérdale que cierre los ojitos.

Disney

Peter Pan

En una tranquila casa de Londres, Peter Pan sobrevolaba la azotea de la familia Darling con su amiga Campanilla. Peter Pan la eligió porque había gente ahí que creía en él.

Peter Pan despertó a Wendy a sus hermanos, Juan y Miguel.

—¡Qué bien que hayas venido, porque mañana tengo que crecer! —dijo Wendy.

—¿Crecer? ¡Ni hablar! Os llevaré al país de Nunca Jamás.

En el barco pirata de Nunca Jamás, se encontraba el Capitán Garfio, que quería vengarse de Peter Pan por haberle hecho perder su mano. Pero Garfio tenía otro enemigo: un cocodrilo que lo perseguía a todas partes.

TIP para dormir:

Crea un ambiente de sueño agradable y confortable. Por ejemplo: ten luces tenues o apagadas.

Garfio vio a Peter Pan y ordenó que lo disparasen.

—¡Rápido, Campanilla! —exclamó Peter—. ¡Lleva a Wendy y a los chicos a la isla!

A Campanilla no le gustaba mucho Wendy. Se adelantó y le dijo a los Niños Perdidos que tenían que derribar un terrible «pájaro Wendy».

—Campanilla, ¿no ves que podrías haber herido a Wendy? —dijo Peter Pan—. ¡Te sentencio al destierro!

Y mientras Campanilla estaba desterrada durante una semana, Peter le enseñó la isla a Wendy.

Juan y Miguel fueron con los Niños Perdidos en busca de los indios nativos, pero el jefe los capturó.

El jefe pensaba que habían secuestrado a su hija, Tigrilla. ¡Pero era el Capitán Garfio quién la tenía!

Peter Pan la encontró y luchó contra Garfio. De pronto, el cocodrilo apareció.

—¡Smee! ¡Sálvame! —gritó Garfio.

Cuando Peter volvió con Tigrilla, el jefe soltó a los niños.

Los niños echaban de menos a su familia y querían volver a casa.

—¡Adelante, volved y creced! —gritó Peter—. Pero no podréis volver nunca.

Se despidieron de Peter Pan y salieron.

Pero el Capitán Garfio los esperaba fuera. Le había tendido una trampa a Campanilla, que había confesado donde estaban. Garfio llevó a los niños al barco y los ató al mástil.

Peter Pan vino al rescate y luchó contra Garfio, que cayó encima del cocodrilo.

—Muy bien, grumetes ¡zarpamos a Londres! —dijo Peter.

—¡Hurra por el Capitán Pan! —gritaron todos.

La señora Darling encontró a Wendy dormida junto a la ventana. Y mientras le contaba sobre Nunca Jamás, la señora Darling llamó a su marido.

Cuando se asomaron, vieron en el cielo un barco hecho de nubes.

—Sabes, tengo la sensación de haber visto ese barco antes —dijo el señor Darling.

Disney

ALICIA en el país de las MARAVILLAS

En un día caluroso de verano, Alicia descansaba bajo un árbol cuando un conejo blanco con chaleco y un reloj pasó junto a ella.

—¡Llego tarde! ¡Llego tarde! —gritó el conejo.

Alicia lo siguió.

Lo siguió hasta su madriguera y cayó. Al final del túnel había una puerta diminuta.

—¿Por qué no pruebas la botella que hay encima de la mesa? —sugirió el pomo de la puerta.

Alicia se bebió una botella que decía **BÉBEME** y se hizo muy pequeña. Después, comió una galleta que decía **CÓMEME** ¡y se convirtió en una gigante! Las lágrimas de Alicia inundaron la habitación.

Volvió a beber de la botella y pudo entrar por la puerta.

Persiguió al Conejo Blanco hasta el bosque, donde se encontró con Tweedledee y Tweedledum.

—La curiosidad a menudo lleva a problemas —dice Tweedledum.

Y conoció a la Oruga azul, que le dio champiñones que la hacían grande y pequeña.

También vio al Gato Cheshire, que le dio un consejo:

—Si yo estuviera buscando a un conejo blanco —dijo—, le preguntaría al Sombrerero Loco o a Liebre de Marzo.

El Sombrerero Loco y la Liebre de Marzo celebraban una fiesta de té y se deseaban un feliz no-cumpleaños.

—Ahora, pide un deseo —dijo el sombrerero.

El Conejo Blanco apareció, pero volvió a escapar.

Alicia estaba muy triste. No sabía cómo volver a casa. El Gato Cheshire apareció y abrió una puerta en el árbol.

—Estos son los caminos de la Reina —dijo el Gato Cheshire.

Alicia cruzó.

Al otro lado, había un laberinto. Alicia vio al Conejo Blanco y a la Reina de Corazones, que quería jugar con Alicia al croquet. Aunque no acertaba nunca, el Rey y las cartas se aseguraron de que pareciera que había hecho un tiro perfecto.

Pero el Gato Cheshire apareció y se enredó en la falda de la Reina, que cayó de cabeza, revelando sus enaguas ante la corte.

—¡Que le corten la cabeza! —gritó la Reina.

Alicia se alejó corriendo. Aunque la Reina y los cortesanos la siguieron de cerca.

Alicia consiguió salir del laberinto y vio la puerta que había atravesado antes.

—¡Debo salir! —jadeó mientras tiraba del pomo.

—Pero ya estás fuera —dijo el pomo de la puerta.

TIP para dormir:

Intenta relajar los músculos tensando y relajando distintas partes del cuerpo, repitiendo el proceso tres veces.

Alicia despertó de un profundo sueño. Su país de las maravillas, con su reina enfadada, había desaparecido. Alicia sonrió. ¡El día era sencillamente muy espléndido para desperdiciarlo en tonterías!

Disney

EL REY LEÓN

En la sabana africana, los animales se dirigían a la Roca del Rey a darle la bienvenida a Simba, su futuro rey.

TIP para dormir:

Recuérdale que relaje la mente, enfocándose en su respiración. También puede contar ovejitas.

El único que no apareció fue su tío Scar, que quería librarse de él.

—Más allá de la colina hay un cementerio de elefantes muy peligroso... —dijo Scar—. ¡Oh! Me he ido de la lengua.

Y Simba, que quería que su padre, Mufasa, se sintiese orgulloso de tener un cachorro tan valiente, fue con su amiga Nala a explorarlo. Zazú, el mayordomo del Rey, los acompañó.

—¡Me muero de ganas de ser rey! —gritó Simba mientras corrían por la llanura.

Cuando llegaron al cementerio de elefantes, encontraron a tres feroces hienas saliendo de entre los huesos. Estaban en peligro, pero apareció Mufasa y ahuyentó a las hienas.

—Me has decepcionado — dijo Mufasa.

—Quería ser valiente, como tú.

—Ser valiente no es buscar problemas. Los reyes del pasado nos observan. Siempre estarán ahí para guiarte... como yo.

Scar no se dio por vencido y le dijo
a Simba que su padre le esperaba
en el barranco. De pronto una estampida
de núes dejó atrapado a Simba, y Mufasa
saltó para salvarle la vida.

Simba estaba a salvo, pero el Rey no lograba subir.

—¡Ayúdame, hermano! —pidió a Scar.

Pero Scar tiró a Mufasa hacia los ñúes y murió aplastado.

Simba huyó lejos y conoció a un suricato y un jabalí.

—Yo me llamo Timón y él es Pumba —dijo la mangosta—. ¡Olvida los problemas! ¡Hakuna matata! ¡No hay reglas, no hay obligaciones!

Simba se convirtió en un joven león.

Intentó ayudar a Pumba, atrapado bajo un árbol, y a Timón, acorralado por una joven leona. ¡Era Nala!

—¡Sigues vivo! Tienes que salvar al reino de Scar— explicó Nala, pero Simba no quería volver.

El sacerdote babuino, Rafiki, acudió a su encuentro. Miraron juntos las estrellas y vieron la imagen de Mufasa.

—Recuerda quién eres, Simba — dijo Mufasa.

Se escuchó un tremendo rugido. ¡Simba había vuelto!

—Este es mi reino— proclamó Simba.

Scar le miró desafiante y lo empujó al precipicio.

—Tu padre estaba así antes de que yo lo matara —dijo Scar.

Simba trepó por la roca y tiró a Scar por el precipicio.

Al poco tiempo, celebraron el nacimiento del futuro rey: el cachorro de Simba y Nala.